KB070704

시인 서명진

1967년 강화도에서 태어나 한남대학교 대학원을 졸업하였다. 하나은행 PB센터 VIP고객 소식지로 시 창작을 시작하여 단국대학교 시 창작, 시산맥 사회 회원으로 활동하고 있다. 저서로는『보고싶다 보고싶어』,『영업의 디자이너』,『멘토를 만나다』 등이 있다.

현재 하나은행 지점장 및 PB로 재직 중이며 2008년부터 멘토 클럽 COP 교수로 활동하고 있다. 자랑스러운 하나인 상, 우수 PB 상, 명예의 전당 회원 상을 수상했다. 또한, 대전일보, 중도일보, 충청투데이 등에서 칼럼니스트로 활동하고 있으며 충청 및 대전지역 관공서, 대학교, 종합병원, 기업체 등 재테크 및 자산관리 전문 강사로 활동하고 있다.

이메일 smjljh33@hanmail.net

왜, 바나나는 어깨동무를 하고 있을까요?

초판 1쇄 발행 2017년 8월 1일

지 은 이 서명진
발 행 인 권선복
편　　집 심현우
디 자 인 서보미
전 자 책 천훈민
삽　　화 박신영
발 행 처 도서출판 행복에너지
출판등록 제315-2011-000035호
주　　소 (07679) 서울특별시 강서구 화곡로 232
전　　화 0505-613-6133
팩　　스 0303-0799-1560
홈페이지 www.happybook.or.kr
이 메 일 ksbdata@daum.net

값 15,000원
ISBN 979-11-5602-508-5 (03810)

왜, 바나나는 어깨동무를 하고있을까요?

서명진 지음

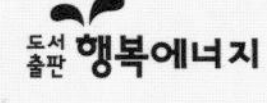

시인의 말

時
한 줄

時
한 편이

당신
마음의 서재에
항상 꽂혀 있기를 바라며

2017년 7월

서명진

차 례

제1부
사랑의 다리를 놓고

제2부

함께 거닐며

제3부

마음을 즐긴다

제1부
사랑의
다리를
놓고

∞

사랑하기 때문에

∞

왜,

바나나는

어깨동무를 하고 있을까요?

왜,

포도는

얼굴 맞대고 뽀뽀를 하고 있을까요?

그리고

왜

나는 당신의

껌딱지가 되어 있을까요?

사랑하기 때문에

사랑하기 때문에

∞

기도

∞

왼손
오른손

둘은
항상 가까이 있으면서도
서로 따스하게
손 한 번 잡아주지 못했네.

다른 사람들의 손은
많이 잡아주면서
가까이에 있는
나의 왼손을
오른손이 잡아주지 못하였네.

오늘은 일요일
오랫동안 포옹하고
토닥토닥 위로하네.

눈을 감고
두 손 모아

∞

앵두사랑

∞

뒤뜰에
작은 앵두나무

어느새
가지마다
작은 열매가
붉게 물들고

사랑이
행복이
영글어 갈 즈음

누가 볼 세라
작은 가지 하나
꺾어

불 꺼진
너의 방에
던져 놓는다.

앵두처럼
빨갛게 물들라고

∞

반창고

∞

길가에
아이가 울고 있네.

왜 우느냐고?
엄마는 어디 있냐고?
모두가
묻지 않고
그냥 지나쳐 가네

길가에
한 사람이 쓰러져 있네.

아무도
어디 아프냐고?
왜 그러냐고?
묻는 이 없이
모두가
그냥 지나쳐 가네

모두의 가슴에

반창고

하나씩

붙여주고 싶다.

∞

늦기 전에

∞

일 년이
지났고

한 달이
지나고

하루가
지나가고 있는데

언제까지
그런 이야기만 들을 거니?

매일 똑같은 이야기만 들을 거야?

늦기 전에

이제는

아빠의 이야기를 들어야 하지 않을까?

더 늦기 전에

∞ 물 ∞

당신은

컵에
바가지에

어느 곳에 담기든

내 모습같이
어울리네요.

당신은

강에
바다에

어디에 있든

내 마음같이
자유롭네요.

∞

중앙선을 사이에 두고

∞

그랬지
우린 그랬어.

중앙에 노란 선 하나
그려놓고

넌 오른쪽
난 왼쪽
넘어오지 말라며

벌써 10년째,

희미해져 보이지 않는

중앙선을

사이에 두고

넘어올 만도 한데

넘어갈 만도 한데

아직도

서로

발을 들었다

다시 내려놓을 뿐

또다시

중앙선이 선명해지네.

∞

딸이 엄마를 닮아간다

∞

일곱 살짜리 딸이
손가락 발가락이 길어 엄마와 똑같다고 좋아라.

눈도 크고 쌍꺼풀이 예쁘다고
자기를 닮아서 미스코리아 될 거라고 엄마도 좋아라.

그렇게
둘이 서로 좋아하더니

커져 버린 딸이
이제는 아니라고 한다.
어떻게 엄마와 내가 같으냐고
난리도 이런 난리가 없다.

어떻게
내가 저런 딸과 닮았냐고
엄마도 더 이상은 아니란다.

그렇게
서로 아니란다.

엄마 코가 좀 낮아서 자기 코도 낮고
엄마 닮아서 뚱뚱하다고 딸이 그러면
누굴 닮아서 저러는지 모르겠다고 엄마도 툭툭 내던진다.

예나 지금이나
옆에서 지켜보니

딸이 엄마를 닮아 가고 있다.

∞

여백餘白 1

∞

나의

마음에

.

.

.

.

.

.

.

.

.

.

.

.

.

당신이

채울 수 있도록

많이 비워두렵니다.

∞

나의 창

∞

밖에서

당신이
바라보는 창문은
작으나

안에서

내가
바라보는 창은
세상을 담을 수 있을 만큼
크다

∞

탑 쌓기

∞

누군가
먼저 놓았으리.

인적 드문 이곳에
홀연히 찾아와
지나가는 이들의 소원을 들으려
제일 먼저 놓았으리.

평탄치 않은 땅에
다음 사람을 생각하여
커다란 돌 하나
가장 밑에 놓았으리.

그리고 사람들이

떨리는 손으로

조그만 돌 하나씩 주워

조심조심

그 위에 소원을 쌓았으리.

지나던 길을 잠시 멈추고

나도 그 돌 위에

손을 내밀어 본다

누군가처럼

∞

사랑의 모래시계

∞

나의 사랑은

모래시계

너에게

한 알

두 알

세 알

평생을

내려주는 사랑

나의 비움이

조금씩

조금씩

너에게

쌓임으로 가득하기를

∞

숨소리

∞

새벽녘

이슬방울이
풀잎에 맺히기 시작할 때
그녀는 숨을 쉰다.

꺼져 가는
한숨 두 숨
누가 볼세라

차마 고통의 시간을
되돌리라는
말을 못 하고

손등 위
떨어지는 눈물을
못 본 채
고개 돌리고

마지막까지

새벽만이
그녀의
숨소리를
귀로 지킨다.

∞

목련의 계절

∞

널 향한
기다림은
하얗다.

아기 주먹으로
가지가지마다
피어

하얀 미소로
솟아올라

너에 대한
이별도
하얗다.

두 손 들어
기지개를 켜고

모두가
인사를 하며
가 버린다.

∞

노벨 뮤지엄

∞

머나먼
스웨덴 중심부
광장 한가운데

작은 자작나무 두 그루를
노벨 뮤지엄 정문에
심었다.

위대한 노벨
당신은 알리라

세상의 평화와
모든 이들을 위해 살아가라는
아빠의 마음을

아이들이 당신을
당당히 따르리라는
간절한 열망으로
또 다른 노벨을 심어버렸다.

노벨,
자랑스러운 나의 아들
노벨,
세상에서 제일 예쁜 나의 딸

∞

여백餘白2

∞

나의 사랑은

할 이야기가 필요 없어

여백으로

남겨 두렵니다.

∞

종이 꽃 향기

∞

아이가
양손에 꽃을 들고
집으로 뛰어 들어오더니

하나는 엄마
또 하나는 아빠 것이라며
가슴에 달아주네.

오늘은
어버이날,

붉은 카네이션이
엄마와 아빠 가슴에
예쁘게 피었네.

종이로 만든
꽃에서
진한 향기가 피어나

온 집안에
가득하네요.

∞

두브로브니크의 사랑

∞

길거리 악사의 노래가
성벽을 타고 골목길을 따라 흐르는
고즈넉한 오후

두브로브니크 항

나무탁자 위
홀로 놓인 와인 잔이
붉게 물든 노을과
진한 입맞춤을 하는 사이

붉은 성벽 지붕 아래로
청춘 남녀들의 눈빛이 반짝거리고

시간의 빠름을 애태우며
사랑의 키스로
밤새는 줄 모르네.

새벽 4시
성벽 위 종이 울리고

찐득한 사랑의 액체가 농도를 잃어
달콤함으로 바뀔 때

한여름
두브로브니크

사랑의 종도
밤새워 울린다.

제2부

함께 거닐며

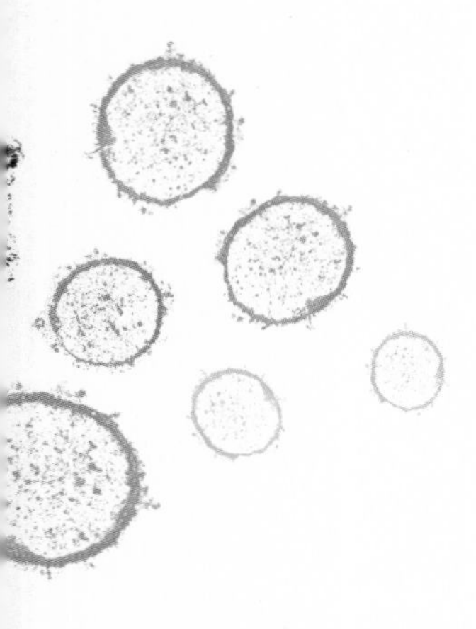

∞ 원 ∞

모두가
점을 찍네요.

나도 어렵게
점 하나 찍어 보렵니다.

시작은 다르고
가는 길이 다르더라도
돌아올 길은 하나

출발점.

왜 이리도 험난할까요?
금수저가 아니어서
은수저가 아니라서
흙수저이니까

늦더라도
점 하나 찍고
크게 그려 보렵니다.

좀 비뚤어지고 굴곡이 있으면 어때요?

아주 멀리
가 보렵니다.

원점으로
되돌아오지 못하여도

괜찮아

내 인생이니까

∞

참 좋을 때다

∞

처음 만났을 때
물으셨다.

나이가 몇이냐고?
'스물아홉'이라 하니
'참 좋을 때다'라고 하면서 웃으셨다.

10년 뒤 또 물으셨다
올해 나이가 몇이냐고?
'서른아홉'이라 하니
또 웃으시면서 말하셨다.

'너, 참 좋을 때다'

지금 또 물으신다.
몇이 되었냐고?
이제는 50이라 하니
여전히 미소를 지으시며 말하신다.

'너, 참 좋을 때다'

∞

공통점

∞

아들이

제일 좋아하는 길은

하굣길

싫어하는 길은

등굣길

다른 것은 몰라도

아들과 나의

유일한 공통점이다.

나도

출근길이

싫고

퇴근길이

좋다

∞

비상飛上

∞

누가

무엇을
위하여?

누가

누구를
위하여?

지상에
알 하나
떨어뜨려

나비를
꿈꾸게 하였는가?

∞

男과 女

∞

여자는

항상 선을 그리네.

시간이 중요하지 않고

장소가 필요치 않아

매일 그리네요.

선을

남자는

항상 점을 찍네요.

바쁘다고 이곳저곳 빠르게

이것이 최선이라고

찍고 가네요.

점을

남과 여는

매일

자동반복

∞

마시멜로 이야기

∞

아빠
저기 마시멜로 많아
아주 많다.

웬 마시멜로?

타고 가던 기차에서
딸아이의 말에
잠시 눈을 들어
창밖을 보았다.

추수를 끝낸 논에
여기저기 보이는 하얀 것들

아! 저것이 마시멜로

딸아이의 눈에는
달콤한 마시멜로로 보이는구나.

미소 지으며
딸에게 말한다.

와, 정말 크다.
맛있겠다.
아빠도 먹고 싶다.

마시멜로

∞

무제無題

∞

참새는 짹짹짹
비둘기는 구구구
노래하는데

나는
어떻게
노래 불러야 하나?

바다에는 해로
하늘에는 항로가
있는데

나의
인생에는
어떤 길이 있을까?

∞

같이는 가치

∞

누가 그러더라
함께해야 한다고

같이
음식도 나누고
사랑도 나누고
그래야 가치가 있다고

누가 그러더라
같이해야 한다고

같이
봉사도 하고
노력도 하고
그래야 가치가 있다고

그래서
같이 = 가치라고

∞

바람에도 색깔이 있다

∞

봄

여름

가을 그리고 겨울에

바람이

분다.

바람에도

색깔이 있다.

노란색

파란색

빨강색 그리고 하얀색으로

바람이

분다.

∞

태극기 휘날리며

∞

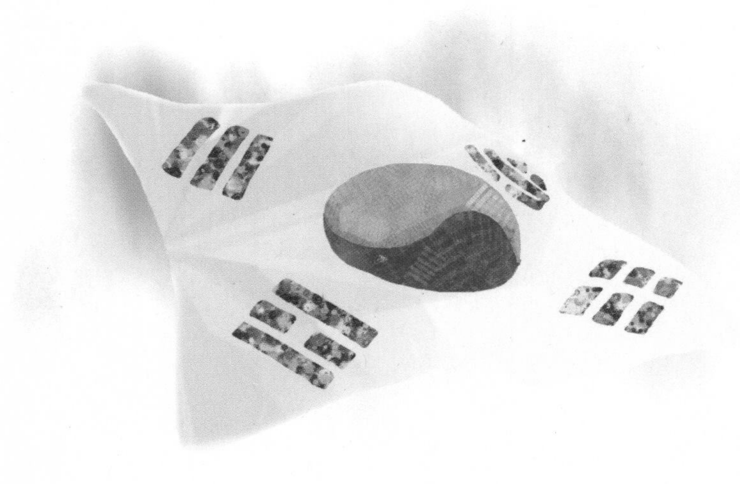

정열의

빨간 상의

청량의

파란 하의

검은 허리띠를 둘러매고

오늘도 서 있다.

검은 허리띠를 누가 조여 맸는지

허리가 아파온다.

어언 70여 년

내 속의 것들이 파열되어 가고 있다.

이제

그만

허리띠를 풀어 보자

저 푸른 창공에

태극기 휘날리며

∞

대장간의 미학

∞

이른 아침
대장간 지붕 위에
코끼리 가족들이
올라갔어요.

아기 코끼리들이
줄지어 서서
엄마 아빠를 따라
하늘로
걸어가고 있어요.

엄마는 빨간 하이힐을 신고
아빠는 검정 구두를 신고
아기들은 하얀 운동화를 신고서

뒤뚱 뒤뚱
쿵쿵 소리를 내며

대장간 지붕 위로

코끼리 가족이
봄나들이
갑니다.

∞

문이 열리다

∞

그녀의

문이 열리고

살포시 보조개가

미소 지으며 인사하러 나오네.

오늘은
어떤 말을 하려
두 개의 기둥을 세우고
웃으면서 나오나

어떤 이는 걸어서
어떤 이는 뛰어서
웃으면서 나오는 사람
울면서 나오는 사람

모두가
순서 없이 나오네.

벌써
두 시간 째

난, 여전히
그 문만 바라보네.

∞

알아 간다는 것

∞

스무 해
그림자는
외로움을 등에 지고
가야 한다.

눈으로 보는 것이
아는 것이 아니라며
마음으로 보아야 아는 것이라고
떠들던 노교수의 말이
어둠 속에 묻히고

핸드폰 속
수백 명의 전화번호들이
아는 것이
다 아는 것이 아니라고
말하던 선배들의 말을
알아갈 때

청춘의 그림자는
밝은 태양으로
당당히 걸어 나온다.

∞

빈 항아리

∞

뒤뜰 돌담 안으로
옹기종기 모여앉아 소꿉놀이하던 친구들
'난, 엄마 넌 아빠 그리고 너는 애기 해'
흙으로 밥을 짓고 풀로 반찬을 만들며
매일 가족놀이로 호시절을 키웠지

그 옆 장독대에 놓여있는 항아리들
자랑이라도 하듯
난 장독, 넌 고추장독
서로 마주 보며 나란히
돌로 모자를 썼었지

그중 빈 항아리 하나
모자도 못 쓰고
물만 가득 담은 채
소꿉놀이에 끼지 못한 아이처럼
파란 하늘만 담고 있네.

밤에는 초승달조차도
제것인 양
담아버리는
빈 항아리

나도 담아 보렴.

∞

불꽃놀이

∞

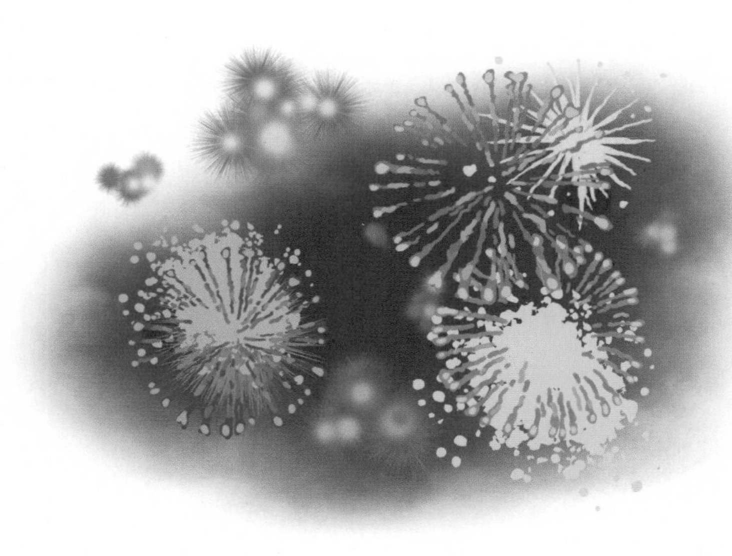

옆집
아저씨

싸우지 말고
사랑하며 살라고
손과 손을 잡아주는

'용접공'

마스크 쓰고
혼자서만
매일 불꽃놀이

3천 도 담금질

고통을 몰라라

옆에

오지 말라며

샤워꼭지 틀고

웃으면서

세상을 향해

불꽃을 뿌리네.

∞

우정을 맛보다

∞

어느 늦은 가을날
친구가 나오라고
갈 곳이 있으니 차에 타라 하네

청량한 가을바람을 맞으며
도착한 곳은
쓰러져가는 농가의 집 앞

감나무 밑에서
햇살에 온몸을 붉히고
옷을 벗어버린 채
주황색이 주렁주렁 반기며

친구가
일 년을 기다렸다고
붉은 감 하나 건네

입에 물고

친구를 바라본다.

∞

옆으로 걷기

∞

난, 옆으로 걷는다.

난, 이렇게 걷는 게 좋아

남들이 앞으로 걸으니

난, 옆으로 걷는다.

친구들이 웃는다.

이상하고 창피하다고

예전에는 이러지 않았다며

손가락질을 하며 바보 같다고 비웃는다.

친구들이 자꾸 재촉하네.
그냥 편하게 앞으로 걸으라고
쉽게 살아가라고

그래도 난, 옆으로 걷는다.

친구들과 다르게 살아가고 싶어서
한 번뿐인 내 인생이니까
그냥 옆으로 걷는다.

앞으로 걷는 게처럼

제3부

마음을 즐긴다

∞

도르래 도르래

∞

우물에

그네를 띄웠다.

그 위에

도르래 걸어놓으니

함지박으로

물이 가득

올라온다.

도르래 도르래

소리가

하늘로 퍼져 간다.

도르래 도르래

∞

비단잉어 날다

∞

안녕

나 '코이'야.

너처럼

나도 크고 싶어

빨리 어른이 되고 싶어

어항이 좁아서

답답해

연못이 좁아서

못 살겠어

강으로 보내줘

그래야 살 것 같아

빨리 어른이 되고 싶어

큰 강으로 가서

맘껏 날아 보고 싶어

∞

친구야

∞

친구야
'비가 오는데'

'응, 그러네'

친구야
'이제 가을이 지나가나 봐'

'그러게'

친구야
'바람이 불어 낙엽이 떨어지네'

'아니, 너 어디 아프냐?'

'아니, 그냥 그렇다고
친구야
밥이나 먹자고'

∞

시니어 예찬

∞

당신을
응원합니다.

늦지 않았다고
엄지를 세워 봅니다.

"세계 역사상 최대 업적의 35%는
60대에 의하여 이루어졌고
23%는 70대에 의해,
그리고 6%는 80대에 의하여 성취되었다니"

지금 100세 인생,
썰물 때가 아닙니다.

용기를 갖고
그 속에서 즐길 때입니다.

오늘도
난
당신을 응원합니다.

∞

칼춤

∞

날카로운
양 날개를 달고
춤을 추네요.

지난 세월이 아쉬워
허공을 그으며
춤을 추네요.

어느새 죽어 나가는 허상들
피 흘리고 토하기를
몇 번째
칼은 멈추지 않는다.

혼자일 때는
자존심을 지키면서
다른 사람을 만나면 비굴해지는

세상을 향해
검이 춤을 추고

모두가 죽고 나서야
춤은 끝이 난다.

∞

벚비가 내리네

∞

비가
내리네.

꼭 이맘때
하얀 비가 내리네.

긴 겨울을 보내야만
찾아오는 벚꽃

가슴을 후비듯이
꽃피고
열흘을 못 넘기고
가 버리네

또다시 일 년을 기다려야 하는

애절함을 뒤로한 채

누가 볼세라

밤에

벚비가 내리네.

∞

병아리의 꿈

∞

‘살려주세요.’

‘단단한 껍질로 막혀있어요.’

‘도와주세요.’

‘나에겐 꿈이 있어요.

장닭이 되어

새벽에 소리쳐 노래하고 싶어요.’

하지만 모두가 말하네요.

‘병아리야

내가 도와주면

넌, 계란 프라이가 될 뿐

장닭이 못되고 죽는단다.’

‘너 스스로 깨고 나와야 한다.’

‘병아리야

넌, 할 수 있어.’

∞

역량

∞

작은 그릇에
담으면
모두가 가득 차서
차이가 없이
똑같아

큰 그릇에
담으니
그 차이가
나타나네.

작은놈은
부족하여
빈 곳이 많아지나

큰놈은
그릇이 작건 크건
흘러넘치네.

∞

난, 지금 엘리베이터를 타러 간다

∞

지난밤
급하게 엘리베이터에 타는 순간
나는 심장이 멎을 뻔했네.

멋진 남자가
미소를 지으며 서 있었기 때문이네

지금 엘리베이터엔 우리 둘뿐
가슴이 두근두근
첫사랑 그때의 심장박동 소리가
40대인 내게 찐하게 들려왔네.

정말 난 몰랐네.
아래층에 멋진 남자가 살고 있었다는 것을

왜 몰랐을까?

그동안 우리는 왜 한 번도 못 마주쳤을까?
아~ 앞집 근영 엄마 윗집 지영 엄마가
매일 화장하고 엘리베이터를 타는 이유가 있었네.

지금
나도 화장을 하고 예쁜 옷으로 갈아입고 향수를 뿌리고
쓰레기봉투 들고서

오늘 밤 엘리베이터를 타러 간다.

∞

꽃이 피다

∞

눈이

내리는

한겨울에

꽃이

피었네.

어려 보인다는

한마디에

웃음꽃이

활짝

피었네.

∞

선생님

∞

산 정취를 즐기며
걷다가 넘어지고 말았다.

그 짧은 순간
고개 들어 주위를 살펴보니
다행히 아무도 없다.

천천히 몸을 일으켜
바지를 털고 무릎을 만지니 아프다.
살이 조금 까졌다.

'작은 나무 그루터기'

나를 넘어트린 것은
큰 산도 아니고
큰 바위도 아닌
보잘것없는 작은 그루터기다.

내 인생의 걸림돌들도
큰 시련이 아니라 작은 일들이었음을
되새기며
뒤돌아서 내려온다.

작은 그루터기
또 만나기를
기대하며

∞

번호표를 뽑으세요

∞

안으로 들어서니
아무도
없다.

나뿐이다

자신 있게
젤 예쁜 여직원 앞으로
다가서니

웃으면서
말한다.

'번호표를 뽑으세요.'

∞

피요로드

∞

신이 허락한 땅
그곳으로 그가 들어온다.

말없이
거대한 산과 산 사이로
철문을 열고
천천히 들어온다.

피요로드

수많은 호수와 강들이
호위병이 되어
열병식을 펼치고

수만 년 몸부림으로
만년설이 모두를 감싸고
환호할 때

피요로드에
수놓아진 그림들이
끝없이
하늘 속으로 흘러만 간다.

∞

엄마의 장난감

∞

아무리 잘났어도
엄마의 장난감만도 못하네

눈이 나빠져
잘 보이지 않는다며
이번에는 아주 큰 것으로
욕심을 부리시네.

수십 년을
친구처럼
애인처럼

오늘도

엄마를

웃기는 것은 바보상자뿐

내가 못 한 것을

그가 하네.

내가 안 한 것을

그는 하네.

∞

머리통에 작은 활자 하나 심고

∞

머리통에

작은 활자 하나 심고

물을 주고

거름 주고 또 물을 주고

꽃이 피기를

기다리네.

너를 위해

책상에

작은 활자 하나 심고

시간을 보내고

노력을 하고 또 시간을 묻은 채

뿌리가 내리기를

기다리네.

나를 위해

∞

그런 사람으로

∞

눈 내리는 겨울
추위를 녹일 수 있는 마음 따뜻한
사람으로

가을에
오곡백과를 나누면서 함께 즐기는
사람으로

무더운 여름에는
마주 보고 웃으면서
시원한 냉커피 한잔에 살아가는 이야기 나눌 수 있는
사람으로

그리고 어느 봄날에
꽃 한 송이와 시 한 편 전할 줄 아는 사랑이 넘치는
그런 사람으로

살아가야겠다.

∞

플라톤의 자명종

∞

늦었네.

오늘

또 지각이다.

나에게

미리 시간을 알려주었더라면

늦지 않았을 텐데

날씨가 흐려

태양이 뜨지 않아

시간을 몰라서

늦었다고 변명을 해보지만

핑계라며

플라톤은 용납을 하지 않네.

정말

네가 필요해

'자명종'

내일은

늦지 않으리라

∞

스노우 드롭 Snow Drop

∞

새해 첫 날

천사가

준 선물

'스노우 드롭'

눈이

내릴 때,
하얀 드레스를 입고

부끄러워

머리를 숙인

신부의 모습으로

차가운 땅속에서

희망으로

피었네요.

하얀 눈이

땅에 떨어지기 전

맨발로

뛰쳐나가

두 손을 뻗어 당신을 잡으렵니다.

『왜, 바나나는 어깨동무를 하고 있을까요?』 를 내면서

"단풍 든 숲속에 두 갈래 길이 있었습니다. 몸이 하나니 두 길을 가지 못하는 것을 안타까워하며, 한참을 서서 낮은 수풀로 꺾여 내려가는 한쪽 길을 멀리 끝까지 바라다보았습니다. 그리고 다른 길을 택했습니다…."

–로버트 프로스트의 "가지 않은 길"

시를 쓰는 것은 '가지 않은 길'을 가보는 여행처럼 가슴 설레는 일,

시집을 만드는 것은 여행을 하면서 보았던 느꼈던 그리고 간직하고 싶었던 모든 기억을 퍼즐로 맞추어가는 행복한 시간입니다.

아직은 삶의 깊이를 더하지 못하는 아쉬움이 크지만, 울고 나서야 웃을 줄 아는 사람이 되어
나의 마음보다는 타인의 마음을 살피는 사람이 되고서야
악한 눈보다는 선하게 세상을 바라보는 눈을 갖고 모든 이의 삶이 아름답다는 것을 알 수 있는 나이가 되어

그동안 기억 속에 잠자고 있던 그 작은 퍼즐들을 찾아서
여기 커다란 퍼즐 판에 소중히 담았습니다.

시 한 줄,
시 한 편에 삽화를 더하여 그림으로 엮어
눈을 뜨면 마주하는 자연에서의 사물들과 사람들,
부대끼며 손으로 잡고자 했던 것에
발로 뛰며 전하고자 했던 것들에

사랑, 우정, 배려, 열정 그리고 일상을 하나하나 퍼즐로 만들어

지금
사랑 한 조각,
기쁨 한 조각,
우정 한 조각이란 이름으로

손에 들고 어디에 놓을까? 하는 고민,
나의 손을 잡아주는 사람이 있어 그는 누굴까? 하는 연민,
내가 사는 이유와 당신이 사는 이유의 가치
그리고 살아가면서 가끔은 돌아보게 되는 시간까지
기억하고 나누고 싶어 퍼즐을 맞추었으니
나의 시집으로 들어와 함께 퍼즐 놀이를 즐기시기 바랍니다.

첫 퍼즐 조각은
왜, 바나나는 어깨동무를 하고 있을까요?
'사랑하기 때문에'라는 사랑의 퍼즐로

그리고 마지막 퍼즐 한 조각은

사랑하는 그녀와 가족들과 친구들 그리고 직장동료들에게 못다 한 이야기들을 담은 감사의 퍼즐 조각으로 마음을 전합니다.

2017년 7월

서명진

함께하여 피어나는 사랑의 마음이 가득한 시로 행복과 긍정의 에너지가 팡팡팡 샘솟으시기를 기원드립니다!

권선복
도서출판 행복에너지 대표이사
영상고등학교 운영위원장

시詩는 무엇일까요? 우리가 생각하는 것만큼 어려운 일이 아닙니다. 매일을 살아가면서 떠오르는 생각이나 감정, 사회생활, 인간관계 속에 생긴 소중한 기분을 가볍게 글자로 옮겨 적어주면 그것이 시가 됩니다. 그런 과정들이 반복되어 누적되었을 때 일기가 되고, 시집이 되는 것입니다. 꼭 시인이 아니더라도 영감과 감정을 시로 남길 수 있다면 스스로 시인이 되고 시집이 만들어집니다.

설렘과 비슷한 여러 감성이 덧칠된 시집을 보면서 시인이 간직하고 싶고 전하고 싶어 하는 이야기를 한 조각 한 조각 맞추어 갑니다. 그런 조각 맞추기 속에서 우리는 시인의 내면을 간접적으로 경험하고 이해하게 됩니다.

시집 『왜, 바나나는 어깨동무를 하고 있을까요?』는 서명진 시인이 삶에서 마주했던 사물과 사람, 손으로 잡아보고자 했던 것들과 온갖 감정을 퍼즐로 만들어 독자들에게 선보이는 시집입니다. 마치 동시를 보는 듯 순수하고 편안한 언어와 함께 그의 퍼즐 속으로 들어가면 평범한 어른과 어린아이의 사이에서 줄타기를 하는 그의 표현에 감탄하게 됩니다.

스스로 퍼즐의 한 조각이 되는 시인의 표현은 단순한 시상의 표현이라기보다는 시상이 되어버린 시인의 경험일 것입니다. 시인의 순진한 표현, 거짓 없는 사랑, 그리움…. 마치 옆에서 함께 보는 듯한 표현은 얼마나 많은 고민을 거쳐 나온 것인지 헤아릴 수 없을 만큼 정제되어 있는 것입니다. 이런 표현으로 전개되는 시인의 퍼즐을 맞추다 보면 어느새 시를 읽는 독자도 같이 그 퍼즐에 녹아들어 한 조각이 되는 경험을 하게 될 것입니다.

퍼즐을 한 조각씩 맞추어 나가 보면 시를 읽은 독자들의 서재에는 시인의 바람대로 시 한 줄, 시집 한 권이 꽂혀있게 될 수 있으리라 생각합니다. 순수하고 울림이 오래 가는 서명진 시인의『왜, 바나나는 어깨동무를 하고 있을까요?』시집으로 시를 읽는 모든 분들의 마음속에 함께하는 사랑의 마음이 가득하기를 기대하며 독자들의 삶에 행복과 긍정의 에너지가 팡팡팡 샘솟으시기를 기원드립니다.

함께 보면 좋은 책들

마음아, 이제 놓아줄게

이경희 지음 | 값 15,000원

책 『마음아, 이제 놓아줄게』는 갤러리 램번트가 주최한 '마음, 놓아주다' 전시 공모에서 당선된 스물일곱 예술가들의 치유 기록을 엮어낸 책이다. 여기에는 작품을 통해 상처를 예술로 승화시킨 이들의 진솔한 이야기가 담겨 있다. 화가 개개인의 작품 소개와 함께 작가의 생각, 또 저자 본인의 이야기를 덧붙여 상처를 치유하는 하나의 과정 속으로 독자를 천천히 안내한다. 그 길을 따라 걷다 보면 우리는 힘겹게 붙잡고 있던 마음을 놓아주며 상처를 치유할 수 있게 된다.

아파트, 신뢰를 담다

유나연 지음 | 값 15,000원

책 『아파트, 신뢰를 담다』는 아파트관리사무소장의 가슴 따뜻한 이야기를 진솔하게 풀어내고 있다. 저자는 '진정성', '역량', '공감', '존중', '원칙'이라는 여섯 개의 키워드를 바탕으로 500세대 아파트를 믿음과 신뢰로 이끌어온 과정을 생생하게 그려낸다. 이 과정에서 '아파트'라는 하나의 공동체 문화를 만드는 데 있어 '신뢰'라는 키워드가 가장 중요하게 작용하였다고 말한다. 또한 저자는 "사람이 답이다"라는 진리를 새기고 모두가 함께 노력해야 함을 강조한다

우리는 기적이라 말하지 않는다

서두칠 · 최성율 지음 | 값 20,000원

책 『우리는 기적이라 말하지 않는다』는 1998년부터 시작된 '한국전기초자'의 경영혁신 3년사(史)를 기록한 책으로, 당시 대우그룹에 소속되어 있던 서두칠 사장이 전문경영인으로 온 후 한국전기초자에 어떤 변화가 일어났는지 세세하게 담아내고 있다. 뿐만 아니라 증보판으로 다시 펴내면서, 한국전기초자에서 서두칠 사장과 함께 했던 최성율 팀장의 '성공혁신 사례'도 싣고 있어 당시 어떤 식으로 혁신 운동이 전개되었는지 더욱 생생하게 알 수 있도록 하였다.